Karl R. W. Uschner

Zwei Kaisergräber

Ein Weihelied

Karl R. W. Uschner

Zwei Kaisergräber

Ein Weihelied

ISBN/EAN: 9783743608115

Hergestellt in Europa, USA, Kanada, Australien, Japan

Cover: Foto ©Andreas Hilbeck / pixelio.de

Manufactured and distributed by brebook publishing software (www.brebook.com)

Karl R. W. Uschner

Zwei Kaisergräber

Zwei Kaiser-Gräber.

Ein Weihe-Lied
von
Chrusen.

Heidelberg.
Carl Winter's Universitätsbuchhandlung.
1888.

Einführung.

Es droht wohl über allen Landen
Ein Wetter unheilvoll und schwer,
Gepeitschte Zeitgefahren branden
Im Sturm aus Ost und West daher.

Wo wird der Brennstoff sich entzünden?
Wird es im fernen Asien sein?
Wie wird der Flammenstrom dann münden?
Und in Europa wo hinein?

Das sind die Zweifel der Bedrängniß
Zu vieler Leute weit und breit,
Ein unruhstiftendes Verhängniß
Liegt als ein Alp auf unsrer Zeit;

Es hat viel Herzensglück vernichtet,
Im Grund die Geister aufgewühlt,
Es hat viel Unheil angerichtet
Und Wohlfahrtsboden unterspült.

Das Alles bietet ohne Frage
Ein Zeitenbild von Grau in Grau;
Wo bleibt dabei noch heutzutage
Der Lichtblick einer Zukunftsschau?

Der hat sich eben dargeboten;
O machen wir uns das nur klar,
Was unsrer beiden Großen Todten
Begängniß — aller Welt jetzt war!

Wer hieß die Menschen Kränze winden
Von Blumen aus dem Erdenrund
Und sich zum Weihegruß verbinden
Aus aller Zonen Seelengrund?

Wer hieß die Flaggen weh'n und Fahnen
Allüberall zu Meer und Land?
Wer konnte rings die Wege bahnen
Zur Wallfahrt, die sich hergewandt?

Ich frage: wem ist es gelungen,
Daß man die Waffen weggelegt,
Was hat den Staaten-Zank bezwungen,
Den Lärm der Großen fortgefegt?

Wer war zum Helfer denn erkoren,
Der all den Wirren Halt gebot?
Was hat den Zeitensturm beschworen?
Es war der beiden Kaiser Tod.

Das war ein Abschnitt Weltgeschichte,
Ein Friede, der nicht oft geräth;
Es saß den Völkern zu Gerichte
Der Erden höchste Majestät.

Und gelten wird für alle Zeiten
Was wir da eben miterlebt,
Ein ganzes Buch Begebenheiten
Und Wunderzauber einverwebt.

Im Herzen laßt es uns behalten,
Es soll uns unvergeßlich sein,
Wir möchten es zum Bild gestalten,
Das rahmt den großen Umblick ein.

Was wir gesehen und gelesen,
Geschildert vor uns treten soll,
Der Hergang schlicht, wie er gewesen,
Ist durch den Inhalt wirkungsvoll.

Wir fühlen lindes Flügelwehen,
Als thäte sich ein Sinngedicht
Vor uns leibhaftig auf — und gehen
Sodann zurück zur Tagespflicht.

I.

1.

Es ward der Kaiser Wilhelm,
   Der hochbetagte Greis,
Von Bangniß angewandelt
   Und schlaflos klagte er leis,
Verlangte nach seinem Sohne,
   Der immer noch weit in der Fern'
Von Leidsal hingehalten,
   Den wollte er sprechen gern.

2.

Das war ein Krankheits-Merkmal,
   Das der Leibarzt richtig erkannt,
Auch offen dem Hofgefolge
   Als äußerst gefährlich genannt.
Bedroht ja waren die Kräfte
   Des hohen Herren seit lang,
Drum jeglicher Anfall machte
   Die Nächstbetheiligten bang.

3.

Und hatten nicht vielfach Sorgen
    Zuletzt ihn noch heimgesucht?
Da war wohl endlich Erschöpfung
    Im Mark ihm vollgebucht.
Zumal des Sohnes Leidweh,
    Das Hoffnung kaum noch bot,
Das brachte dem Landesvater
    Die große Herzensnoth.

4.

Am achten März nahm merklich
    Die Schwäche schon überhand,
Der Kaiser hatte nach Bismarck
    Noch Nachmittags gesandt,
Er fühlte die Stunde nahen,
    Mit ihm noch pflegt' er Rath;
Nun dankte der Kaiser dem Kanzler
    Für Alles, was er that.

5.

Dann sprach er mit seinen Enkeln
    Gar eifrig noch hin und her
Von Staatsgeschäften, von Flotte
    Und Heer, drum bangten sich sehr
Die Kaiserin und die Tochter
    In zärtlichem Verein,
Doch er sprach fest: ich habe
    Nicht Zeit zum Müdesein.

6.

Schon schwand die Besinnung ihm zeitweis,
  Worauf er zu Wilhelm begann:
„Den Czar mußt du gut behandeln",
  Von Oesterreich sprach er sodann;
Zum Kanzler das Wort noch richtend,
  Hat er an den Enkel gedacht,
Dem Kanzler klopft' er die Schulter:
  „Das hast du gut gemacht".

7.

Dann Nachts umstanden sein Lager
  Die nächsten Verwandten gesammt,
Auch Bismarck und Moltke, die Aerzte,
  Die Adjutanten im Amt.
Schon sah man den Tod herannahn,
  Der Geistliche betete leis,
Doch kräftigte sich am Morgen
  Der übergewaltige Greis.

8.

Nun ward der harrenden Menge
  Die gute Kunde zu theil,
Da ging man getrost nach Hause
  Im Glauben an Kaisers Heil;
Er hat die Gefahr bestanden!
  Es heißt im Volkes Mund:
Der einmal Todtgesagte
  Bleibt um so länger gesund.

9.

Allein zu bald verglomm doch
  Das spärliche Lebenslicht,
Und oben am Krankenbette
  Verschloß man der Wahrheit sich nicht.
Ein irdisches Hoffen wohl war hier
  Auf Sand nur noch gebaut,
Die Christen-Seelen, sie haben
  Sich drum dem Himmel vertraut.

10.

Der Geistliche las die Psalmen:
  "Der Herr ist mein Licht und Heil,
Vor wem sollt' ich mich fürchten?"
  Da ward rings Sammlung zu theil.
Der Geistliche las noch weiter:
  "Er ist meines Lebens Kraft,
Vor wem sollte mir grauen?"
  Das hat Erhebung beschafft.

11.

Papa, hast du verstanden?
  Fragte die Tochter; er sprach:
"Ja, es war schön". Und nichts mehr
  Sagte der Kaiser hernach.
Dann still verblieb es, man hörte
  Sein leises Röcheln kaum;
Ein heiliges Schweigen, als ginge
  Ein Engel durch den Raum.

12.

Sein Auge nach seiner Gemahlin
   Augusta gerichtet blieb,
Die seine Hand noch im Tode
   Umfaßt hielt still und lieb.
Nun sanken die Damen und Herren
   Am Sterbelager ins Knie,
Ein seligeres Scheiden
   Gab es im Leben nie.

13.

Des Predigers bebende Stimme
   Sprach nun den kirchlichen Dank,
Daß solch ein geheiligter Heimgang
   Dem Auserwählten gelang,
Den Gott so Preußen wie Deutschland
   Als Herrscher zum Segen gesetzt,
Und der des Ewigen Frieden
   Und Heil gewonnen jetzt.

14.

Der Kaiserin und den Kindern,
   Den Enkeln, dem Königshaus,
Dem Volk und Land ersah er
   Den Himmels Beistand aus,
Und schloß: „Ich will dich segnen,
   Du sollst ein Segen sein",
Dann in sein Amen stimmten
   Gemuth die Gläubigen ein.

15.

Vom Dache des Herrscherhauses
  Die Purpurfahne sank
Auf Halbmast nun herunter,
  Und Beben das Volk durchdrang.
Denn Viele umstanden den Schloßplatz,
  Die haben das Zeichen geschaut,
Die Männer und Frauen und Kinder
  Die jammerten alle da laut.

16.

Die traurige Todeskunde
  Erfüllte bald ganz Berlin,
Und, wahrlich, die große Hauptstadt
  Ein Sterbehaus jetzt erschien.
Doch mancher unter den Leuten
  Blieb starr und fest dabei,
Der Tod des Kaisers Wilhelm
  Wohl gar nicht möglich sei.

17.

Denn was das Herz der Menschen
  Als allerliebstes weiß,
Das hält es fest und giebt es
  Dem Untergang nicht preis.
Allein vergänglich leider
  Ist Erdenglückes Gunst,
Drum fügliches Entsagen
  Verlangt die Lebenskunst.

18.

So ward auch dieser einz'ge
 Beglücker, weltbekannt,
Der Millionen ein Vater,
 Entrissen dem deutschen Land.
Am neunten März geschah es
 An trübem Vormittag,
Daß Kaiser Wilhelm der Erste
 Des seligen Todes erlag.

*   *   *

II.

1.

Der Tod, der schnelle Mittler,
    Begabt zur nämlichen Zeit,
Da er den Vater hinstreckt,
    Den Sohn mit der Herrlichkeit.
Des Kaisers Wilhelm Krone
    Vom hohen Norden her
Gedieh an Kaiser Friedrich,
    Der fern am ligurischen Meer.

2.

San Remo heißt der Kurort
    Im italienischen Land,
An dem er sich seit dem Herbste
    Der Heilung wegen befand;
Dort ist es warm und windstill,
    Ein Winter mit Blüthenduft,
Vom Meer wie von den Bergen
    Quillt heilungskräftige Luft.

3.

Indessen verschlug die Wirkung,
    Das Uebel war allzu tief,
Sodaß man die Aerzte der Aerzte
    Vergeblich zu Hilfe rief.
Zwar blieb das Leid kaum merkbar,
    Da des Kranken Kraftnatur
Das Geheimniß noch nicht preisgab
    In seiner äußeren Spur.

4.

Er trug das Haupt noch aufrecht
    Und stolz die hohe Gestalt,
Vielleicht war solcherlei Haltung
    Gereckt durch Willens Gewalt.
Sein Anzug war ein dunkler,
    Der Hals mit dem Tuche verwahrt,
Darüber wallte der dichte
    Blondleuchtende lange Bart.

5.

Die Wirkung seiner Erscheinung
    War jetzt von anderer Art,
Seitdem dem Blick der Gesundheit
    Ein leidender Zug gepaart.
Nur füge hinzu, der Ausdruck
    Entstellte die Schönheit nicht,
Durchgeistigte doch vielmehr noch
    Sein edles Angesicht.

6.

Dorthin denn nach San Remo
   Gelangte der Todesbrief,
Der Telegraphen Geschwinddienst
   Die Kunde schon ringshin rief,
Die sodann nach kurzem Verlaufe
   Im ganzen deutschen Land,
Im weitgestreckten Europa
   Auch bald in der Welt bekannt.

7.

Im sonnigen Palmengarten
   Der Kaiser-Erbe geweilt,
Als ihn die Kanzlerbotschaft
   Im Telegramm ereilt.
Der Inhalt war ersichtlich
   Durch Aufschrift „Majestät",
Die hatte mit scharfem Blicke
   Der Empfänger sogleich erspäht.

8.

Und „Majestät", wie ist doch
   Das Wort gar inhaltsvoll,
Und unser Friedrich wußte,
   Was es bedeuten soll;
Er hatte sich vorbereitet,
   Geprüft so manches Jahr,
Bis er gereift und tüchtig
   Sich fand und wirklich war.

9.

Ist nicht voll irdischer Allmacht
 Ein Staaten-Oberhaupt?
Es schmückt die goldene Krone,
 Die Zacken von Lorbeer umlaubt,
Auch unverletzlich ist sie,
 Drum heilig seine Person,
Und all der Hoheit Weihe
 Vererbt sich auf den Sohn.

10.

Doch solcherlei Ueberschwange
 Von Rechten entspricht die Pflicht,
Die ordnet nach Macht und Würde
 Das göttliche Gleichgewicht;
Drum ebenso schwer „verflichtet"
 Sind Herrscher für alle Zeit;
Zu solchem Hochamts Antritt
 War Friedrich vollbereit.

11.

Noch trug er den Brief verschlossen
 Bethränten Auges beiseit,
War fertig auch Willens Entschließung,
 Sein Herz war unbereit.
Wer fühlt doch im weichen Gemüthe
 Die Schmerzenswucht ihm nach
Um solchen Vater! Noch schluchzend
 Der Sohn das Siegel brach.

12.

Dann übergab er das Schriftstück
  Der trauten Kaiserin,
Die gab das Blatt mit Weinen
  Den Kaisertöchtern hin.
Auch bald durch ganz San Remo
  Die wichtige Kunde drang,
Geflaggt ward von den Häusern,
  Rings Glockengeläut' erklang.

13.

Die braunen italischen Leute
  Drängten in Massen heran,
Ihr stürmisches Schwenken der Hüte
  Mit eviva Rufen begann,
Auch Veilchen, ein frisches Sträußlein,
  Gab ihm ein herziges Kind,
Das nahm bewegt der Kaiser
  Als liebliches Angebind.

14.

Dann wurden Telegramme
  Den innigsten Freunden gesandt,
Dem Kronenträger in Bayern
  Und dem im baden'schen Land,
Auch an befreundete Höfe
  Und an den Vatikan,
An Frankreich, das dem Kaiser
  Sein Beileid kund gethan.

15.

Zur Abfahrt ward befohlen
 Schon andern Tags der Zug,
Der Friedrich mit seinem Hofstaat
 In Eile von dannen trug.
Die ihn begleitenden Aerzte
 Waren gar ernst besorgt
Und hatten bedenkliche Mienen
 Wie Einer, der ungern borgt.

16.

Der Fürst indessen wie sonst auch
 Hielt aufrecht Aller Muth
Und that, als fühl' er sich leidlich
 Oder sogar „recht gut";
Victoria, zwar gerüstet,
 Sah tiefbekümmert ihn an,
Worauf der lieblichen Töchter
 Zärtliches Walten begann.

17.

Nur in San Pier d'Arena
 Machte man kurz noch Halt,
Wo Blumen in Fülle geboten
 Und evivas wieder geschallt.
Hier ward vom König Humbert
 Ein herzlicher Gruß gebracht.
Drauf war vom holden Italien
 Das Abschiednehmen vollbracht.

18.

O wonniges Land der Länder,
 Voll Reben und Rosenduft,
Mit bergigem Meeresgestade
 Voll balsamwürziger Luft,
Wer scheidet von dir wohl anders
 Als Wehmuth im Angesicht!
Gen Norden rief unseren Friedrich
 So Liebe wie strenge Pflicht.

19.

So ließ er zurück den Frühling
 Und fuhr in den Winter hinein
Und wußte doch gut, daß tödtlich
 Der Wechsel ihm konnte sein,
Denn halsgefährliches Kranksein
 Fraß an dem Lebensbaum,
Zerstörte dem deutschen Volke
 Verfrüht den Lieblingstraum.

20.

Drauf ging der sausende Schnellzug
 Durch hochgelegenes Land,
Tirol mit schwarzen Wäldern
 Auf weißer Alpenwand,
Von glitzerndem Schnee rings starrte
 Die eingeeiste Natur,
Entsetzlich pfiff der Nordwind,
 Dem man entgegenfuhr.

21.

Ohn' Aufenthalt ging weiter
 Die Fahrt durch Tag und Nacht,
Die meiste Zeit hat Friedrich
 Mit Schreibwerk zugebracht.
Wohl Wenige, die gesehen
 Den überbereiften Zug,
Ahnten, was er für Blumen
 Und heiße Liebe trug.

* * *

III.

1.

Indessen Kaiser Wilhelm
    Im weißen Bette ruht,
Sein todeserblichenes Antlitz
    Sah aus so fromm und gut.
Bescheiden war seines Todes
    Wie seines Lebens Pracht,
Das war ein treffliches Sinnbild
    Von übergewaltiger Macht.

2.

Im grün umkleideten Zimmer
    Das schlichte Feldbett stand,
Ein Kruzifix von Ceder
    Hing über ihm zur Wand.
Durch dieses offene Zimmer
    Viel Volk jetzt paarweis ging,
Das waren verweinte, stille
    Leute so hoch wie gering.

3.

Das kaiserliche Gefolge,
  Das solche Feier erdacht,
Hat wie von ewiger Weihe
  Ein Werk zu Stande gebracht;
Was dann noch an Prachtentfaltung
  Zur Leichenbestattung gescheh'n,
War Blattwerk irdischen Ursprungs,
  Das Zeiten am Ende verweh'n.

4.

Schon breitete sich die Trauer
  In das Land und die Lande hinein,
Der Vorort ihrer Gestaltung
  Mußte Berlin doch sein,
Die deutsche Reiches-Hauptstadt,
  Worin der Verewigte weilt,
Die war bei der Leichenfeier
  Zum allernächsten betheilt.

5.

Zwar Kaiser Friedrich gab es
  Durch Telegramm bekannt,
Daß bei der Trauerverrichtung
  Jedweder Zwang verbannt,
Doch ganz Berlin und Umkreis
  Gleich wie mit Zauberschlag
Im selbstgefügten Banne
  Des Trauerschmuckes lag.

6.

Die glänzenden Läden geschlossen,
 Andere schwarz mit Flor
Verhangen, daß Eitel-Geschmeide
 Den blinkenden Reiz verlor.
Die Fenster gleich Altären,
 Darin des Kaisers Bild
In Kornblumschmuck vom Sinngrün
 Sich abhob lieb und mild.

7.

Rings schwarze lange Fahnen
 Wehten halbmast gesteckt,
Oder die Wappen-Farben
 Waren mit Flor verdeckt;
Aus Trauerschleppen maß man
 Den Reichen den Vorzug an.
Selbst Dürftigkeit noch Mittel
 Zum schwarzen Kleide gewann.

8.

Was aber den reichsten Prunk bot
 Bei sämmtlicher Feierlichkeit,
Das war der allerärmsten
 Schmuck der Bescheidenheit,
Und wohl an keinem Einz'gen
 Fehlte die Kornblumzier,
Den wandelnden Kornblumfeldern
 Glichen die Straßen schier.

9.

Es waren sogar auch viele
  Von Arbeiterleuten dabei,
Der internationalen
  Umsturzfrohen Partei,
Sie die sonst unversöhnlich
  Nicht theilhaft an unserer Zeit;
Wer weiß, ob in der Zukunft
  Ein Raum für sie bereit.

10.

Die Millionen-Hauptstadt
  Glich einem Trauerhaus,
Von ihr dann ging das Beispiel
  Zur Landestrauer aus.
Von Tagesfragen und anderm
  Wandte sich Aller Sinn,
Man gab sich immer nur wieder
  Den Trauergefühlen hin.

11.

Und auch die Stadtverwaltung
  Ging an das Werk alsbald,
Den Ausputz herzustellen,
  Der Kaisers Eingang galt,
Denn ihm, der sonder Gleichen,
  Gebührte der Trauerstaat
Nie dagewes'ner Erfindung,
  So schloß der Berliner Rath.

12.

Der Tannen zu grünen Gewinden
   Brachte man Züge voll,
Von Flor und Schleifen und Festschmuck
   Der Vorrath berghoch quoll,
Das Treibhaus wurde geplündert,
   Wo irgend nur eines sich traf,
Und was Telephonen zu fern war,
   Beschaffte der Telegraph.

13.

Das waren städtische Sorgen,
   Zu denen man sich gewandt,
Inzwischen nahm Fürst Bismarck
   Das Staatsrecht in die Hand
Zum Frommen der großen Geschäfte,
   Die er voll Meisterschaft
Seit Anbeginn des Reiches
   Geordnet mit stählerner Kraft.

14.

Ist er doch aller Entwirrung
   Der immer bewährte Hort,
Begründer der deutschen Einheit
   Mit Thatkraft und mit Wort,
Denn ihn versah mit Vollmacht
   Die preußische Königsmacht,
Die hatte das große Zeitwerk
   Mit Waffen des Volks vollbracht.

15.

Nun war der eben gerüstet
 Für einen wichtigen Gang
Im Galarock mit Stahlhelm
 An der Hüfte den Pallasch lang;
Es reckte sich, als er aufbrach,
 Noch höher die Kraftgestalt
Wie wachsend mit dem Beginnen,
 Dem jetzt sein Vorsatz galt.

16.

Denn vor dem Bundesrathe
 Hat er jetzt offenbart,
Daß todt der Kaiser Wilhelm
 Und Friedrich Kaiser ward;
Und der reichsverbündeten Fürsten
 Versammelte hohe Rath
Gar würdig der deutschen Treue
 Bescheid dem Kanzler that.

17.

Drauf gleicherweis in den Reichstag
 Der eiserne Kanzler kam,
Woselbst er das Wort mit Vollkraft
 Zu gleicher Verkündung nahm,
Doch Thränen erstickten die Stimme,
 Was zündend die Herzen trifft,
Auf den Tisch des Hauses legt' er
 Des Kaisers letzte Schrift.

18.

Die Sprecher der deutschen Stämme,
    Die Volksvertreter durch Wahl,
Sie waren da heute versammelt
    Wie nie so voll an Zahl.
Und heut der Herren Zwietracht
    War wie im Banne der Scheu,
Die sämmtlichen fühlten als Deutsche
    Sich einig in Schmerz und Treu.

19.

Ein großer Sieg im Frieden
    War das! Die Ernte der Saat,
All Deutschlands Fürsten und Völker
    Gefestigt als einiger Staat.
Es war der Throneswechsel
    Zum ersten Male vollbracht
Und befürchtete Reichesgefährde
    Zerstob wie Spuk der Nacht.

*   *   *

IV.

1.

Die Heerfahrt Kaiser Friedrichs
   War während der Zwischenzeit
Schnell weitergediehen und war jetzt
   Vom Ziele nicht mehr weit.
Denn schon in der deutschen Reichsmark
   Der Eilzug sich befand;
Besorgt auf das Gelingen
   Des Volkes Blick sich wandt.

2.

Wird auch der wunde Herrscher
   Bestehen die Beschwer?
Er ruhte nicht, sann und sorgte
   Und schrieb, drum bangte sich sehr
Die Kaiserin sammt den Töchtern
   In zärtlichem Verein,
Doch er blieb fest: es muß noch
   Gar Vieles fertig sein.

3.

Und welcher Art denn, frug man,
  Des Kaisers Leiden war?
Man hörte lateinische Wörter
  Von hoffnungsloser Gefahr;
Der Hals war zugeschwollen
  Und den Erstickungstod
Hatte man mittels Durchstichs
  Nur abgewendet zur Not.

4.

Die deutschen und englischen Aerzte
  Umstritten die Krankheitsart,
Sir Mackenzie, der Britte,
  Hatte noch Aussicht gewahrt
Und er behielt die Vorhand,
  Es sollte nichts anders sein;
Der heimischen Aerzte Voraussicht
  Traf leider zuletzt doch ein.

5.

Doch wollen wir hier nicht rechten
  Mit Doktor Mackenzie,
Der höchstes Vertrauen erlangte
  Und Hoffnung dem Kranken verlieh;
Und Hoffnung ist ein Glücksgut,
  Sie nimmt den Stachel dem Leid;
Die Wahrheit blieb allzu traurig,
  Vertauscht ward drum ihr Kleid.

6.

Schon wußte man, daß das Uebel
  Ein unheilbares sei,
Wohl Kehlkopfs Trennung möglich,
  Doch Lebensgefahr dabei;
Von der letzten Rettungs-Auskunft
  Wurde nun abgeseh'n,
So blieb dem herrlichen Dulder
  Sein Leben nur noch zu Leh'n.

7.

Drum allergrößeste Schonung
  War zweifellos von Not,
Durch jeden Erregungsanlaß,
  Schien Friedrichs Leben bedroht;
Der Rath der sämmtlichen Aerzte,
  Die eben um ihn gewacht,
Hat ausnahmsloses Ruhen
  Dem Kranken zur Pflicht gemacht.

8.

Empfangsbegrüßungen durften
  An keinem Orte gescheh'n,
In München nur blieb der Eilzug
  Einige Zeit noch steh'n;
Die Königin Mutter von Bayern
  In tiefster Trauertracht
Hat hier dem theuren Friedrich
  Ihr innigstes Beileid gebracht.

9.

In Leipzig aber dem Plan nach
 Als Staatsgeschäft begann
Empfang durch die Reichsbehörden,
 Fürst Bismarck Allen voran;
Wie konnte denn der auch fehlen
 Beim deutschen Kaiserempfang?
Vor Allen gebührt doch ihm stets
 Ganz Deutschlands lautester Dank.

10.

Minister und Würdenträger
 Erschienen in festlicher Tracht,
Ganz Leipzig hatte sich gleichsam
 Zur Ehrenpforte gemacht;
Der Kaiser umarmte den Kanzler,
 Sobald er ihn vor sich geschaut,
Die Tausende neben dem Wagen
 Jubelten drob gar laut.

11.

Dann saßen sie Beide zusammen
 Die weitere Fahrt entlang,
Und was sie da fürder verhandelt
 Nicht zu behorchen gelang;
Hochwichtige Staatsgeschäfte
 Wurden hier ausgetauscht,
Was hätte da mancher Reporter
 Für Perlen herausgelauscht.

12.

Nur freilich das Meinungsäußern
  Durch Schrift nur möglich war,
Da ja der Kaiser Friedrich
  Des Stimmtons gänzlich baar,
Ach seiner gewaltigen Stimme,
  Die hell und voll einst klang,
Auch jeglichem, der sie vernommen,
  In Herzens Tiefe drang.

13.

Vom Kaiserzuge schied dann
  Der Kanzler in Berlin,
Wo er im großen Andrang
  Von Arbeit als Ordner erschien.
Nach Charlottenburg fuhr der Kaiser
  In das abgelegene Schloß,
Das ihm zu Nutzen erseh'n war,
  Damit er der Ruhe genoß.

14.

Ja wollte nur dort er ausruh'n!
  Es hat wohl Erstaunen gemacht,
Daß alle die Reisebeschwerden
  Ihm Erschöpfung nicht gebracht;
Das wirkte die Willensstärke,
  Der Friedrich seit je gebot,
Und der er ein Meister geblieben
  So sieghaft bis zum Tod.

* * *

Chrusen, Zwei Kaiser-Gräber.

V.

1.

Zur selben Zeit, es schlug grad
  Die Stunde der Mitternacht,
Ward in Berlin die Pforte
  Des Königs aufgemacht.
Ein fürchterlicher Schneesturm
  Umtobte das Trauerhaus,
Gleich feurigen Garben stob es
  Von den Pechpfannen heraus.

2.

Zehn greise Diener trugen
  Heraus den rothen Sarg,
Der des verwichenen Herren
  Irdische Reste barg.
Viel tausend Menschen standen
  Den Platz und die Straßen entlang
Entblößten Hauptes, vom Dom her
  Der Glocken Geläut' erklang.

3.

Jetzt zog das Trauergeleite
  Dahin bei Fackelschein,
Umflorte Panzerreiter
  Voran und hinterdrein,
Der Kronprinz Wilhelm, Prinz Heinrich
  Und Leopold, sodann
Die königliche Verwandtschaft
  Und Hofdienst schloß sich an.

4.

Des todten Kaisers Waffen
  Und Helm trug man auch nach,
Ein herzergreifender Anblick,
  Daß Alles in Schluchzen ausbrach.
Sonst herrschte Todtenstille
  Rings in der gedrängten Schaar
Des zugeströmten Volkes,
  Das hier versammelt war.

5.

War wohl ein schauriger Aufzug,
  Der da den Blicken sich bot,
Der Wind zerraufte die Fackeln,
  Das Flackerlicht war roth,
Die schwarzumschatteten Männer
  Auf weißbeschneiter Bahn
In faltigen langen Mänteln
  Wie Geistergestalten aussah'n.

6.

Die Geistlichkeit des Domes
 Empfing den Purpurschrein,
Ihm ward der kirchliche Segen
 Gespendet bei Kerzenschein.
In stillergebener Trauer
 Stand all das Volk dabei,
Es meinten die Männer und Frauen,
 Ihr Vater gestorben sei.

7.

Der Kronprinz auf die Stufen
 Des Katafalkes sank,
Die kalte Todesrüstung
 Mit schmerzlichem Ringen umschlang.
War er doch der Liebling gewesen,
 Galt ihm doch der Kaiser die Welt
Und die war ihm urplötzlich
 Durch seinen Tod zerschellt.

8.

Der Sarg ward dann geöffnet,
 Gebete der Prediger sprach
Und stille „Vaterunser"
 Schickten die Gläubigen nach.
Die Flügeladjutanten,
 Soldaten mit Bajonnet
Begannen die Todenwache
 Vor Kaisers Schlummerbett.

9.

Drei Tage noch sollte der Sarg nun
 Hochaufgebahrt da steh'n,
Der einbalsamirte Leichnam
 Blieb hier für Alle zu seh'n.
So war die Ueberführung
 Des Kaisers Wilhelm vollbracht
Vom Sterbehaus zum Dome
 In finsterer Schneesturmnacht.

10.

Die Staatsgeschäfte dann weiter
 Drängten zu rüstigem Thun,
Sie ließen den Kaiser Friedrich
 Keineswegs rasten noch ruh'n;
Und wunderbar! Es schien ihm
 Gesteigert die Arbeitskraft,
Als hätte die Seelenerhebung
 Den Körper mitaufgerafft.

11.

Sein Erstes war die Botschaft,
 Die „an mein Volk" benannt,
Den Grundsatz seines Regierens
 Gab sie dem Lande bekannt;
Ein hochgesinnter Aufruf,
 Aus dem ein Kaiser spricht,
Verbürgung würdigen Austrags
 Der höchsten Erdenpflicht.

12.

Es waltet in diesem Schriftstück
   Ein aufgeklärter Geist,
Der auf des „Humanismus"
   „Ideenkreise" weist.
In Bonn einst hatte der Prinz doch
   Den freien Studien gelebt,
Perthes, Dahlmann und Arndt wohl
   Die hatten ihn wieder umschwebt.

13.

Ein Geist des großen Friedrichs
   Würdig, ihm seelenverwandt,
Dem er sich auch durch Namens
   Eigene Wahl verband;
Und solcher Gedankenaufschwung
   Der wirkte gedeihliche Saat
Für Deutschlands Zukunftsernte
   Dem Throne wie dem Staat.

14.

Ein hochgewichtiger Staatsakt
   Galt dann dem Verfassungseid,
Deß körperliche Leistung
   Verbot des Herrschers Leid.
Der Kanzler aber wieder
   War der Entwirrung Hort,
Verlas vor dem Land- und Reichstag
   Des Kronenträgers Wort.

15.

Von Tagesgeschäften sodann noch
   Sei hier nur berührend gedacht
Des Andrangs aller Adressen,
   Die dem neuen Kaiser gebracht.
Es seien erwähnt als Anhalt
   Ein paar so nebenbei;
Wer hier erschöpfen wollte,
   Der zählte die Blumen im Mai.

16.

Toronto, Buenos-Ayres,
   Aus Peking und Mexico,
Helsingfors, Montevideo,
   Aus Jamaica, Leeds, Santiago,
Theils Beileidsbriefe, zum andern
   Begrüßungen, alle bewegt
Von tiefgefühlter Empfindung,
   Die tief das Gemüth erregt.

17.

Inzwischen lag Kaiser Wilhelm
   Im Dome hochaufgebahrt,
Wo man den fürstlichen Leichnam
   Im Kronenpompe gewahrt,
Die Zeichen seiner Hausmacht
   Und seiner Kaiserpracht
Waren mit reichstem Aufwand
   Im Kirchenschiff angebracht.

18.

Von Lorbeer und Blumen umwoben,
  Von Gold und Sammetpracht,
Die durch das Kerzengeflimmer
  Noch eindrucksvoller gemacht.
Da lag er auf der Bahre,
  Mild war sein Angesicht,
Er war seinem Willen entsprechend
  Gehüllt in den Mantel schlicht.

19.

Da gab es gewaltigen Zudrang
  Von Leuten, so jung wie alt,
Von Oberen wie von Geringen
  Ein unabsehlicher Wald.
Nur daß für die Tausend und Tausend
  Nicht Raumes Genüge sich bot,
Drum gab es ein Drängen, Beengen
  Von lebensgefährlicher Noth.

20.

Ein allzu flüchtiger Blick auch
  Blieb jeglichem nur bescheert,
Weil schon der drängende Nachschub
  Den ersehnten Anblick begehrt.
Ein Trupp von Invaliden
  Der hielt sich, fest an der Wand,
Die zwängten sich, hoben sich, guckten,
  Und sie flüsterten unter der Hand:

21.

„Ich war bei der Königs-Krönung
　Am Königsberger Altar."
„Und ich dort bei der Parade
　Der eisernen Kreuzes Schaar."
„Ich sah ihn im dänischen Kriege
　Wie er von Kanonen umbrüllt
Die Düppler Sturmkolonnen
　Gemustert und mutherfüllt."

22.

„Im böhmischen Krieg auch, wie er
　Bei Chlum im Feuer ritt,
Vor Josephstadt die Flücht'gen
　Nicht niederzuschießen litt."
„Und in dem Kriege mit Frankreich
　Die hunderterlei Gefahr,
In der sein grauer Mantel
　Beim Kugelregen war."

23.

„Nach Mars-la-Tour mit Bismarck
　Und Moltken auf Stroh gewacht,
Sein Feldbett aber vergab er
　Ins Lazareth zur Nacht."
Das zischelten diese zernarbten,
　Ergrauten Soldaten so sacht,
Die Zeugen der stolzesten Thaten,
　Bis Schluchzen sie schweigen gemacht.

*　*　*

VI.

1.

Der Rath der deutschen Hauptstadt
 Hatte nun während der Zeit
Den Stadtschmuck auszurüsten
 Zu Kaisers Trauergeleit'.
Und daß er dem schweren Beginnen
 Auch wirklich gewachsen war,
Das wurde wohl jeglicher, mein' ich,
 Der dort gewesen, gewahr.

2.

Und Tausend und Abertausend,
 Millionen erfüllten Berlin,
Wie wenn bei Herbstes Wende
 Die Vögel im Zugschwarm zieh'n;
Doch jeder der Ungezählten
 Trug schließlich den Eindruck fort,
Das schlechterdings Niegeglaubte
 Zur Wahrheit wurde dort.

3.

Die via triumphalis
 Glich einem Wege, den
Zu seinem Leichenbegängniß
 Der Tod sich selber ersch'n.
Der Dom war schwarz bekleidet,
 Schwarz waren die Häuser gesammt,
Mit schwarzem Flor verhangen
 Die Laternen, die all' entflammt.

4.

Dann ferner der schwarzumhüllten
 Mastbäume lange Reih'n,
Die schwarzen Baldachine
 Mit traurigen Schilderei'n,
Am Ende der langen Straße
 Das Brandenburger Thor
Mit seiner Siegesgöttin,
 Alles in schwarzem Flor.

5.

Dazu die Fenster und Dächer
 Mit Fahnen und Wimpeln besät
Mit schwarzen, faltigen, langen
 Und anderem Trauergeräth,
Das flatterte, rauschte dort oben
 Vor Schneewinds herber Gewalt,
Zum Gruseln war es, dazu noch
 Der Morgen so frostig kalt.

6.

Der ganze Boden ringsum
  War fußhoch vollbeschneit,
Wie ein vom Himmel gefallenes
  Leichentuch weit und breit.
Die sämmtliche Schwarzanhäufung
  Auf dem weißen Erdengrund
— Der Hohenzollern-Banner
  That sich wundersam kund!

7.

Das war ein würdiger Schauplatz
  Für Wilhelms Leichenzug,
Zu dem das Volk sein Bestes
  Mit Andacht zusammentrug,
Es zogen seit Morgengrauen
  Und bildeten hier Spalier
Die würdigsten Auserwählten
  In höchster Festtags Zier.

8.

Da sah man sie, die Vertreter
  Vom ganzen deutschen Land,
Studenten, Schulen, Gewerke,
  Vereine herbeigesandt,
Doch nicht allein aus Deutschland,
  Nein, auch aus fern und nah
Befreundeter Völker und Staaten
  Vertreter erschienen da.

9.

Von der Donau, der Themse, dem Tajo,
  Po, Nimen, vom Limmat-Fluß
— Es staut sich im Zug der Beschreibung
  Der anderen Namen Erguß —
Auch weit aus fremden Ländern
  Und Zonen überm Meer,
Voran von Amerika kamen
  Die Abgesandten daher.

10.

Und die nicht kommen konnten,
  Die boten Sinngrün dar,
Was da von Blumen und Kränzen
  Für Fülle gebreitet war!
Die große Reicheshauptstadt
  War immer noch viel zu klein,
Den Reichthum auszustellen
  In ihres Raumes Schrein.

11.

Vom Dome bis zum Thore
  Faßten den Raum sie ein,
Spaliere bildend in dichten
  Geordneten Mannschaftsreih'n,
Und hinter dem Thore waren,
  Von blanker Wehr geziert,
Bis hin zum Mausoleum
  Die Garden aufmarschirt.

12.

Doch hinter den Spalieren
  Da stand das Volk geschaart
So dicht, wie man beim Schneefall
  Das Flockengewimmel gewahrt,
Die vielen Hunderttausend
  Kopf an Kopf gedrängt,
Doch alle gebeugt und sichtlich
  Von Trauerlast gesenkt.

13.

Die feierliche Handlung
  Im alten Dome begann
Mit Orgel, Gesang und Allem,
  Was frommer Gebrauch ersann;
Der beredteste Kirchengelahrte
  Hat gottbegeistert vollführt
Den himmelhohen Lobpreis,
  Der Kaiser Wilhelm gebührt.

14.

Zuletzt ward Segen gesprochen
  Nach Domchors Friedensgesang,
Deß tönendes Flügelerheben
  Mit Schmerzes Schwere noch rang;
Die Infantrie gab Salven
  Am geöffneten Kirchenthor,
Und aus dem Gotteshause
  Kam Kaisers Sarg hervor.

15.

Die Glocken zu läuten begannen,
 Die Truppe trat ins Gewehr,
Posaunen bliesen, die Trommeln
 Wirbelten düster und schwer,
Theerpfannen wurden entzündet,
 Die Wahlstatt sich umzog
Mit Qualm in schwarzen Wolken,
 Der langsam nur verflog.

16.

Voran die Trauerparade,
 Sodann die Geistlichkeit,
Die Dienerschaft, die Aerzte,
 Der Kammerherren Geleit,
Die Minister mit Würdezeichen,
 Die obersten Chargen sodann,
Dahinter der Leichenwagen
 Mit schwarzverdecktem Gespann.

17.

Den Wagen zogen acht Pferde,
 Dann kam ein Dienertroß,
Dahinter in dunklem Zaumzeug
 Des Todten liebstes Roß,
Die Flügeladjutanten
 Folgten in breiten Reih'n,
Darauf der Kronprinz Wilhelm
 Gesondert und ganz allein.

18.

Er schritt daher voll Hoheit
  Und fester Willenskraft,
Die Jugend früh zum Mann macht
  Und Großes im Leben schafft,
Von seinem bethränten Antlitz
  Des Kummers Ausdruck wich,
Vor seiner Machterscheinung
  Neigten die Banner sich.

19.

Dann kam Prinz Heinrich von Preußen,
  Der Seemann freier Wahl,
Erlesen ist er zu Deutschlands
  Künftigem Admiral;
Mit schwarz-weiß-rother Flagge
  Die Flotte fährt stolz einher,
Sie trägt die deutsche Großmacht
  Ins erdumfassende Meer.

20.

Ihn sah man hier im Zuge,
  Geführt von den Königen
Von Sachsen und von Belgien
  Und von Rumänien;
Fünf Throneserben folgten,
  Auch viele Fürstlichkeit
Und ihrer Macht Vertreter
  Von ringsher weit und breit.

21.

Dann kamen vom hohen Adel
  Die Größen von Erbfallsgunst,
Dann andere Würdenträger
  Von Staatsamt, Wissen und Kunst,
Die Parlamentsvertreter,
  Auch weither aus fremdem Land
Vertreter von Städten, Gemeinden
  Waren daher gesandt.

22.

Das war das Grabgeleite,
  Voran und hinterdrein
Zogen die Gardetruppen
  In blinkendem Waffenschein,
Die Fahnen mit sich führend;
  Sie die im Leben der Schlacht
Den Siegen entgegengeflattert,
  Heut waren sie todte Pracht.

*   *   *.

VII.

1.

Es zog das Trauergeleite
 Langsam und kam vorbei
An den Prachtgebäuden, des Ruhmes
 Versteinerter Schilderei;
Das Schloß zunächst zur Linken,
 Nach rechtshin tauchten auf
Das Nationalmuseum
 Und das alte Zeughaus darauf.

2.

Das sind die steinernen Marken
 Der inhaltsreichen Zeit,
Dem unseres Herrschergeschlechtes
 Arbeit den Stempel verleiht,
Sie knüpfen an Kaisers Ahnen,
 Den großen Kurfürsten an
Und Friedrich den Großen, doch Beiden
 Reiht unser Wilhelm sich an.

3.

Da sieht man der Hohenzollern
   Hochanringenden Aar,
Von Sels zum Meer geflogen
   Und wie beutebringend er war;
Die sieggekrönte Beute,
   Sie kam dem Lande zugut,
Und solcherlei Waffensegen
   Rings aufgespeichert hier ruht.

4.

Einst winzig klein, das Preußen,
   Wie wuchs es im Zeitenverlauf
Und zu welcherlei Machtentfaltung
   Ging es in Deutschland auf!
Jetzt stehen wir mannhaft gerüstet
   In ehrfurchtgebietender Wehr
Von Alsen bis Elsaß-Lothringen,
   Von der Prosna zum schwäbischen Meer.

5.

Und weiter! Die Ahnen errangen
   Den Sieg nicht nur mit dem Schwert,
Nein, auch im Gedankenwahlfeld
   Ward ihnen die Weihe bescheert;
Und dieser Vorderen würdig
   Hat König Wilhelms Macht
Den erbüberkommenen Austrag
   Zwiefach zu Stande gebracht.

6.

Mit den trefflichsten Paladinen,
   Moltke voran in der Schlacht,
Hat er den gefährlichen Reichsfeind
   Im Zweikampf zu nichte gemacht,
Und die waffenverbündeten Fürsten
   Im deutschen Völkerverband
Sie boten ihm Deutschlands Krone
   Durch König Ludwigs Hand.

7.

Doch dann mit dem großen Kanzler,
   Mit Bismarcks klugem Rath
Ward nutzbar erst gestaltet
   Die Beute der Waffenthat,
Zunächst getilgt die Blutspur,
   Dann begütigt, zur Einsicht gemahnt,
Mit zwietrachtbezwingenden Künsten
   Dem Frieden der Boden gebahnt.

8.

Und ist nicht Wilhelms Hoffnung
   Mit Lorbeer und Palmen gekrönt?
Der Reichskrieg ist beendigt,
   Ganz Deutschland ist versöhnt.
Vor solcherlei Zeiterlebniß
   Steht staunend das Tagesgeschlecht,
Es findet sich in das Vermächtniß
   Lange noch nicht zurecht!

9.

Doch was sind suchende Worte?
　Sie sprechen den Sinn nicht aus,
Wie Schwalben das Ziel umflattern
　Und finden noch nicht ihr Haus,
So macht verlegen und sprachlos
　Die wirkliche Herrlichkeit;
Und ein Heldengedicht ja träumt nur
　Aus längst vergangener Zeit.

10.

Der Zug indessen erreichte
　Das Kaiserpalais, da war
Das alte „historische Fenster",
　Dort hatte man immerdar
Den Landesvater gesehen
　Punkt zwölf beim Trommelschlag
Der Gardewachtparade;
　Das Fenster leer jetzt lag. —

11.

Dann ging's am Reiterstandbild
　Des alten Fritz vorbei,
Das rings mit Lorbeerbäumen
　Umhegt, dahinter zwei
Der höchsten Obelisken,
　Sie trugen ein Riesenpaar
Von Vasen mit Feuerbecken,
　Darauf die Flamme war.

12.

Und hier die finstere Wölbung
  Der Trauerhalle begann,
Die weiter den Zug verdeckte,
  Bis daß er das Thor gewann,
Deß mächtige Säulenschäfte
  Und Simse schwarz von Flor,
Und eiserne Kreuze blinkten
  Aus weißen Bändern hervor.

13.

Dann kam die Leichenparade,
  Die große hinter dem Thor,
Die letzte Pflicht, die die Garde
  Dem verklärten Führer erkor.
Erschütternd wie der Sarg da
  Die Front vorüber fuhr
Vor solcher Regimenter
  So festgespannter Schnur!

14.

Bewältigend wirkt der Eindruck,
  Den solch ein Machtbild beut,
Wie hätte sich Kaiser Wilhelm
  Des Anblicks hier gefreut!
Die Fahnen der Regimenter
  Senkten sich allemal
Bei Sarges Nahen, das Spielvolk
  Blies den Trauerchoral.

15.

Links von der Siegessäule
 Winkte Germania her,
Sie glich heut einem Abbild
 Von eherner Herzensbeschwer.
Der Zug ging weiter die Straße
 Dem Mausoleum zu,
So stillen Platz erwählte
 Der Todte sich selbst zur Ruh.

16.

Die Kaiserin Victoria,
 Die rumänische Königin
Und die Großherzogin von Baden
 Eilten voraus dorthin,
Die Blumenfülle zu sichten
 Im allzu kleinen Raum,
Er reichte ja zum Empfange
 Der Auserlesenen kaum.

17.

Vorm Gitter blieb die Gefolgschaft,
 Es trat in den Tempel nur ein
Die nächste Hofesverwandtschaft,
 Es konnte nicht anders sein;
Und als man hier am Ende
 Den Sarg in die Grabstatt schuf,
„Lebwohl" da hörte man leis noch
 Des Volkes Abschiedsruf.

18.

Der Geistliche sprach die Tröstung
Mit: „Selig ist der Mann,
Der die Anfechtung erduldet",
 Dann hob er den Segen an,
Dabei ertönte draußen
 Der Feuerschlünde Gruß,
Die Kanoniere gaben
 Hundert und einen Schuß.

19.

Es kniete noch im Gebete
 Das sämmtliche Trauergeleit,
Bis daß Victoria winkte,
 Dann schloß die Festlichkeit.
Die Fürsten und Großen alle
 Verließen das stille Haus,
Die Blumen dufteten weiter,
 Die Lichter brannten aus.

20.

Die höchsten Officiere
 Legten die Hand auf den Sarg,
Der ihres obersten Kriegsherrn
 Irdische Hülle barg.
Das Mausoleum schloß sich
 Dann hinter ihnen zu,
Da war der Kaiser Wilhelm
 Bestattet zu guter Ruh.

21.

Bei seinen Eltern liegt er
 In hochgeweihter Gruft,
Erhabenheit entrückt ihn
 Von uns durch weite Kluft.
Ein Weg durch schattige Tannen
 Führt zu dem Marmorbau,
Der bietet stille Zuflucht
 Zu seelenvoller Schau.

* * *

VIII.

1.

Daneben aber weilte
 Im Charlottenburger Schloß
Am Fenster Kaiser Friedrich,
 Der heiße Thränen vergoß.
Es war ihm nicht beschieden
 Zu stehen an Vaters Sarg.
Ihn hemmte der Aerzte Machtspruch,
 Denn Schneesturm war allzu arg.

2.

Die lieblichen drei Töchter
 Traten ins Staatsgemach,
Sie küßten die Hand dem Vater
 Und leise die Eine sprach:
Papa, dich bittet innig
 Mama hier nebenhinein,
Damit wir ganz im Stillen
 Wären und ganz allein.

3.

Noch drängten ihn sanft die Beiden,
　Bis er mit ihnen ging
Aus dem Saal in die Stube der Hausfrau,
　Wo ihn die Gemahlin umfing.
Da draußen gab es Schneesturm,
　Zu mildem Sonnenschein
Ward hier der Kaiserfamilie
　Ein inniges „allein".

4.

So hegte Victorias Sorgfalt
　Den heißgeliebten Mann,
Umwob ihn mit Trostes Erfindung,
　Wie's eine Frau nur kann.
In wonnigen Tagen des Glückes
　War Fritz ihr Sonnenschein,
Sie bringt in Lebens Umnachtung
　Ihm Sternlicht mild hinein.

5.

Zur Arbeit aber drängte
　Den Kaiser die Herrscherpflicht
Und, wahrlich, solcher entzog sich
　Der Hohenzoller nicht.
Es folgten Erlasse von Strafen
　In gnadenwaltender Macht,
Belohnungen, Würden und Orden
　Hat reich seine Huld gebracht.

6.

Es war das mächtige Staatsschiff
  In rüstiger Weiterfahrt,
Und steuernde Vollkraft hat sich
  In Friedrich offenbart.
Nur einen Theil der Bürden
  Entbot er auf den Sohn,
Wie jung noch Kronprinz Wilhelm,
  War er doch vollreif schon.

7.

Fürst Bismarck aber in Allem
  War stets dem Kaiser zur Seit'
Und immer mit seinem erprobten
  Erspießlichen Rathe bereit.
Und ihm maß Friedrich allzeit
  Das höchste Vertrauen bei,
Die Krone der Willensentschließung
  War sein echt kaiserlich frei.

8.

Als drauf im späteren Frühling
  Die Sonne den Sieg errang,
Und auch die zähe Naturkraft
  Der Krankheit Stillstand zwang,
Da trieb es die Kaiserfamilie
  Beflügelt ins Freie hinaus,
Und wonnig wie Haftentlass'ne
  Verließ man Stube wie Haus.

9.

In dem einen Zimmer des Schlosses
  Ein „Atelier" sich befand,
Von der Kaiserin eingerichtet,
  Wenn es unbenutzt auch stand;
Zum Malen ja fehlte die Stimmung,
  Zugleich die Mußezeit,
Doch hielt sie das sonst so beliebte
  Gemach dem Gemahle bereit.

10.

Heut aber hatte darinnen
  Die höchste Herrschaft verweilt
An dem sonnenumwobenen Maitag,
  Dann war man im Wagen enteilt
Nach Berlin zur Kaiserin Mutter;
  Das Volk rings jubelte laut
Und feierte wieder ein Volksfest,
  Als es Fritzens Karossen erschaut.

11.

Als nun das Zimmer leer war,
  Schlüpften die Hoffräulein,
Drei zierliche Jugendgestalten
  Ins Malergemach hinein.
Hier thaten sie scheu, sie standen
  Und sahen Verschiedliches an,
Sie wagten nichts zu berühren,
  Bis traulich die Jüngste begann:

12.

Dahier das Album, seht mal,
  Gehört Ihrer Majestät
Und darinnen sind lauter Bilder
  Von Seiner Majestät
Aus früheren Zeiten; nun sagt mal,
  Welches das schönste wol ist.
Die Gesetztere meinte: Malwine,
  Wie ausgelassen du bist.

13.

Das Fräulein aber wie herzhaft
  Machte nur leicht: J da,
Schlug auf die getuschten Blätter
  Und erläuterte, was man sah:
Auf der russischen Wolfsjagd war er
  Als Jäger abkonterfeit,
Sodann als schmucker Dragoner
  Und Oberst Moltke zur Seit'.

14.

Ein Bild gab seine Brautfahrt
  Im schottischen Balmoral,
Eins, wie er im dänischen Kriege
  Ein Reitergeschwader befahl,
Auf dem Königgrätzer Schlachtfeld
  Den pour le mérite empfing,
Im Alpenhochgebirge
  Auf Gemsen pirschen ging.

15.

In Jerusalem sein Einzug,
  Wo Palmen ihm dargebracht,
Dann war er bei Wörth mit dem Pfeifchen
  Im Pulverrauche der Schlacht,
Zuletzt ein spanisches Hoffest
  Wies ihn in glänzender Tracht,
Das waren die trefflichen Bilder,
  Die heimlich sie aufgemacht.

16.

Nun wählet doch, drängte sie weiter,
  Ich wähle die Gemsenjagd,
Die andere wählte das Hoffest,
  Drauf hat die Gesetzte gesagt:
„Auf keinem von sämmtlichen Bildern
  Die Schönheit so voll gerät,
Wie wir im Leben sie sehen
  An Seiner Majestät."

17.

„Und als er noch auf der Herfahrt
  Sein „An mein Volk" verfaßt,
Da war er am allerschönsten,
  Nur überirdisch fast,
Drum allzubald" — sie schluchzte,
  Und die Beiden verstanden sie
Und weinten, dann sanken alle
  Drei Hoffräulein ins Knie.

18.

Ach, und die Tage gingen;
  Es grünte rings im Mai
Dem Lande wohl mancherlei Hoffnung,
  Die liebste nicht mit dabei.
Denn Friedrichs Leidweh spann sich
  Bald wieder umengend fort,
Wenn auch die böse Wahrheit
  Bezeugt kein Klagewort.

19.

Wie wenn die häßliche Spinne
  Den Sang mit dem Netz umspinnt,
Wie der giftigen Riesenschlange
  Der Löwe nicht mehr entrinnt,
Oder wie wenn das Schicksal
  Im Glauben der Griechenwelt
Die menschliche Machtvollendung
  Erbarmungslos zerschellt,

20.

So war des Kaisers Krankheit,
  Die ließ ihn nicht mehr los,
Die Nachtruh scheuchte der Husten,
  Die Schmerzen übergroß.
Macht euch denn auf das Schlimmste
  Gefaßt, war das Verdikt,
Das man aus seiner Aerzte
  Verschwiegenthun erblickt.

21.

Sein Hohenzollern-Erbtheil,
  Die leidendurchdauernde Kraft,
Hat aber doch noch sieghaft
  Vom Lager ihn aufgerafft;
Und der christliche Todesengel
  Der schon zur Ernte gesandt,
Erbarmungsvoll noch hatte
  Sich zweimal abgewandt.

22.

Wie wenn in Regentagen
  Die Sonne den Nebel durchbricht,
So ward es im Kaiserhause
  Noch zweimal hell und licht;
Das waren einmal die Tage,
  Als Englands Königin
Den Schwiegersohn begrüßte,
  Die Mutter der Kaiserin.

23.

Und wann das Schloß noch einmal
  Im Sonnenscheine lag?
An Heinrichs und Irenes
  Festlichem Hochzeitstag.
Da sah man Kaiser Friedrich
  Zum Letzten in seinem Glanz,
Ihn schmückte die Herzensfreude
  Fast wie mit Wohlseins Kranz.

* * *

Chrusen, Zwei Kaiser-Gräber.

IX.

1.

Der Hof war dann im Juni
 Verlegt nach Friedrichskron,
Das freundlichen Erinnerns
 So voll von früher schon.
Allein das Aussichtsfenster
 Den Durchblick nicht mehr bot,
Das Schloß ward Krankenstube,
 Sein Pförtner war der Tod.

2.

Zu Vaters Krankenlager
 Noch trat Prinzessin Sophie
An ihrem Wiegenfeste,
 Da schrieb er aufs Blatt für sie:
"Wie du bisher gewesen,
 So bleibe stets fromm und gut,
Das schreibt dein sterbender Vater."
 Es schwand sein Lebensmuth.

3.

Und dennoch hat man die Zeit durch
 Ihn niemals klagen gehört,
Der Grundzug seines Wesens
 Blieb „Duldung" unzerstört.
Und wie er im Schlachtengewühle
 Dem Tod sich entgegengestellt,
So blieb der herrliche Dulder
 Ausharrend als ein Held.

4.

Des Kaisers Anverwandte
 Verständigte man schnell,
Da waren sie alle zusammen
 Am Krankenbett zur Stell';
Ach, Schwester Luise von Baden
 Und die hohe Mutter sein,
Die waren schon krank vom Weinen,
 Die blieben daheim allein.

5.

Den Tag vor seinem Tode
 Drückt' er noch Bismarcks Hand,
Deß Rath er der schmerzgebeugten
 Kaiserin tröstend verband,
Dann hielt er noch lange die Augen
 Auf die beiden Söhne gewandt,
Dann wieder zu den Töchtern;
 Bewußtsein mälig schwand.

6.

Fließet erlösende Thränen,
　　Strömet, das Herz sonst bricht!
Denn Friedrich lag im Sterben
　　Umschattet war sein Gesicht.
Noch einmal hob er auf Alle
　　Den Blick, der hell und licht,
Er hatte noch Vieles zu sagen,
　　Doch reden konnte er nicht.

7.

Von hochgesinntem Streben,
　　Das weit in die Ferne lenkt,
Dem Zeitgeist Schwingen bereitet,
　　Der die Weltgeschichte denkt,
Die Weihe gekrönter Gedanken —
　　Das thut beredt uns kund
Des hoffnungsvollsten Kaisers
　　Zu früh geschlossener Mund.

8.

Victoria hielt die Hand ihm,
　　Als ihn der Tod entriß;
Dem Herzen war unentreißbar
　　Die Liebe, das ist gewiß!
Victoria sank in Ohnmacht,
　　Es war des Leides zuviel,
Vom Schlosse fiel der Purpur
　　Auf Halbmast am Fahnenstiel.

9.

Das war am fünfzehnten Juni,
    Ein schwerer Regentag,
Der uns als Unglücks Merkmal
    Für alle Zeit sein mag.
Nur neunundneunzig Tage
    Hat Friedrich die Macht gehabt,
Die nun als Kronenerbschaft
    An Wilhelm den Zweiten vergabt.

10.

Die sämmtlichen Staatsminister,
    Fürst Bismarck ihnen voran,
Betraten als Todes Zeugen
    Das Sterbegemach sodann.
Das Volk in stillem Schmerze
    Umstand das einsame Schloß,
Und hinter dem Gittergehege
    Manch' treue Zähre floß.

11.

Da lag der edle Dulder
    Im weißen Todtenkleid,
Auf seinem Angesichte
    Sah man nicht mehr das Leid,
Zum Ende war gerungen
    Des Lebens ganze Beschwer,
Ein Bild von Ruhestiftung,
    Wie nach dem Sturm das Meer.

12.

Gefaltet waren die Hände
  Auf einem Reiterschwert,
Das ihm sein Vater im Felde
  Als Preis dereinst bescheert,
Darüber lag der Wörther
  Verwelkte Lorbeerkranz,
Das Todtengeschmeide sah man
  Bei mattem Lichterglanz.

13.

Zur Leichenhalle wurde
  Die Jaspisgallerie
(Ein Bau des großen Friedrichs
  Voll Prunkes), dieselbe die
Einst seiner Taufe Schauplatz,
  Umflort ward nun die Pracht
Und leer und dunkel und farblos
  Die Wohnung zurechtgemacht.

14.

Der Sarg mit schwarzem Auspuh
  Stand vor dem Weihaltar,
Daran ein Jesus=Bildniß
  Mit Dornenkrone war;
Den Schmuck hat Kaiser Wilhelm
  Geordnet in frommem Sinn,
Und auf die Purpurdecke
  That er die Bibel hin.

15.

Da lag denn Kaiser Friedrich
   Hochaufgebahrt im Sarg,
Der Saal die umflorten Zeichen
   Von Herrschergewalt noch barg,
Auch wieder ein üppiger Segen
   Von Blumen und Lorbeerkranz
Belebte das Todtengepränge
   Bei reichem Kerzenglanz.

16.

Dort sah man den Herrlichen liegen
   In seiner schönen Gestalt,
Sie sollte dem Blick sich entrücken
   Zur Gruft nur allzu bald.
Des kaiserlichen Hauses
   Frauen und Jungfraun all'
Sie nahmen von ihm noch Abschied
   In dieser Todtenhall'.

17.

Ach, welche Fluth von Thränen
   Hier wieder ausgeweint!
Nach Worten ringt vergeblich,
   Wer das zu schildern vermeint,
Was während der Frühlings Monde
   An Schmerz den Ausdruck fand
Im preußischen und deutschen
   Wie allem Volk und Land.

18.

War Friedrich doch vor Allen
 Der Liebling unserer Zeit,
Dem brachten nun Todten-Feier
 Die Völker weit und breit;
Die seltsamste, so hört man,
 Am Todesabend ihm bot
Die Schweiz mit ihren Firnen,
 Die glühten wunder wie roth.

19.

Nun folgt sein Leichenbegängniß
 Mit all' der Feierlichkeit,
Die Kaiser Wilhelm der Zweite
 Dem verklärten Vater geweiht.
Im Sinne des Hingeschiednen
 Wurde das Werk vollbracht
Mit ortsgemäßer Beschränkung
 Der ausersehenen Pracht.

20.

Da läuteten wieder die Glocken,
 Die Geistlichen führten den Zug,
Da gab es Gedränge des Volkes
 Und Würdenträger genug,
Und Reitergeschwader und Fußvolk,
 Kanonensalut erklang,
Die Fahnen mit Flor verhangen,
 Die Tormmeln wirbelten bang.

21.

Erstaunlich, daß die Spannkraft
  Der Menschen nicht erlag
Vor so viel Herzensbelastung
  Am trüben Bestattungstag.
Dem Sänger versagt die Stimme
  Vor so viel Leid und Weh,
Da ich an diesem zweiten,
  Noch offenen Grabe steh'.

22.

Die Friedenskirche bei Potsdam
  Nahm auf den Purpursarg
Ihn, der des verblichenen Helden
  Irdische Hülle barg.
Der Deckel trug den Degen,
  Den Helm und Marschallsstab,
Des Krieges Ehrengepränge,
  Das man ins Grab ihm gab.

23.

Doch plötzlich welch' ein Leuchten!
  Denn bei dem Segensspruch
Des Predigers in der Kirche
  Geschah ein Lichtdurchbruch,
Es drang durch das Nebelgewölke
  Ein heller Sonnenstrahl,
Umklärte den Sarg, das Gefolge,
  Den Erben des Todten zumal.

24.

Drauf als der große Zudrang
 Von Menschen sich verlor,
Da ward es wieder einsam,
 Noch stiller wie zuvor.
Dort überm Wasserspiegel,
 Im friedlichen Gotteshaus,
Im Schatten von alten Eichen
 Ruht Kaiser Friedrich aus."

* * *

X.

1.

Nicht weit entfernt von einander
   Schlummern nun Vater und Sohn,
Sie fanden im Volkes Herzen
   Der Liebe höchsten Lohn.
Mark Brandenburg, die Wiege
   Von ihrem Herrscherthum,
Hat ihnen das Grab bereitet,
   Denn ihr gebührt der Ruhm.

2.

Wir treten am Schluß noch einmal
   Zu beiden Gräbern hin,
Und beide sind ein Gleichniß,
   Und welches ist sein Sinn?
Dahier das Bild der Vollendung,
   Das Frieden der Seele bringt,
Dahier verzeuchtes Hoffen,
   Das weh noch weiterringt.

3.

Den Vater werden ergründen
„Historiker" künftiger Zeit,
Denn seines Lebens Großthat
Gehört der Wirklichkeit.
Den Sohn wird einst verkünden
Das „dichtende Genie"
Denn seiner Erscheinung Inhalt
Gehört der Phantasie.

4.

Jedoch die beiden Verklärten
Sind bluts- und stammverwandt
Und beide verknüpft auch allzeit
Der Wahlverwandschaft Band;
Das ist der über dem Slachland
Sirnhoch wohnende Geist,
Der aus dem Menschendasein
Ins Ueberirdische weist.

5.

Doch draußen, gleich hinter den Gittern
Der Grabesverborgenheit
Treibt bunt im Alltagsdrängen
Das Leben der Eitelkeit;
Man meint der hehren Traumwelt
Plötzlich entrückt zu sein,
So unvermittelt steht man
Im Markte der Narretei'n.

6.

Da tummelt sich hastiges Treiben,
　Vergnügen an Putz und Tand,
Es hascht mit glühenden Wangen
　Nach Nichtigem allerhand;
Wie schlechterzogene Kinder
　Sieht all' das aus, jedoch
Auch anderes böserer Gattung
　Macht sich bemerklich noch.

7.

Die gernegroßen Gesellen,
　Ihr Jagen nach schreiendem Ruhm,
Das Buhlen um Würden und Aemter,
　Das gierige Streberthum,
Das Seilschen um Geld und Güter,
　Der Tanz um das goldene Kalb,
Das Prahlen mit Werken und Thaten
　Und Wissen, das immer nur halb.

8.

Und aufwärts höher und ärger
　Das Treiben der Bosheit drängt,
Lug, Hoffahrt, Rechtserschleichung,
　Die Gesetze nach Vortheil zwängt,
Gewaltthat, Rechtszerreißung,
　Der Herrschsucht Kriegsgeschrei,
Der Rassenhaß, das Verketzern,
　Scheinheilige Frömmelei.

9.

Das sind die Tagesgebrechen,
  Nur beispielsweise benannt,
Die gleichsam wie Wettergewölke
  Sich senken auf Volk und Land,
Sie breiten sich weit und weiter,
  Gefährdend die Zeit; fürwahr!
Wir haben vor ihnen die Schutzwehr
  In unserem Kaiserpaar.

10.

Denn von der Schlackengefährde
  War ihre Seele rein,
Die Majestät ward Wahrheit
  In diesen gekrönten Zwei'n.
So gilt denn gelöst die Gleichung
  An unserem Gräberpaar,
Und neben dem Erhab'nen
  Stellt sich die Schönheit dar.

11.

Doch Hoheit menschlicher Größe
  Wirkt wie ein Trauerspiel,
Erschüttert so tief, wie hoch es
  Erhebt zu sonnigem Ziel.
Drum wird es an unserer Kaiser
  Geheiligter Grabstatt wahr:
Erschüttert sind wir, zugleich auch
  Erhoben wunderbar.

12.

Wir fühlen uns mannhaft begeistert
   Von übernatürlicher Macht,
Wir fühlen uns stark zum Kampfe
   Im Wogen der Geisterschlacht.
Der Aufschwung leuchtenden Vorbilds,
   Das sie uns geboten, fürwahr!
Das nehmen wir mit beim Abschied
   Von diesem Gräberpaar.

Nachwort.

Da liegen sie die beiden Kaiser
Im tiefen Schooß der Grabesruh,
Das Volk streut ihnen grüne Reiser
Und betet still und weint dazu.

Du sahst sie noch im Leben walten
Und ihre Huld hat dich beglückt,
Nun werden ihre Hochgestalten
Im Zeitlauf nach und nach entrückt.

Dann werden immermehr die Beiden
Der Tageswirklichkeit entrafft,
Bis daß sie vom Gesichtskreis scheiden
Und endlich sind wie sagenhaft.

Denn andere Menschen geh'n und kommen,
Und Augenzeugen fehlen dann,
Erinnerung wird matt, verschwommen,
Sie knüpft nur an die Gräber an.

Doch uns, den heutigen Zeitgenossen,
Gehört ja noch ein Sonderglück:
Sie ließen uns den Kaisersprossen
Als den lebendigen Trost zurück,

Den Sohn und Enkel, den die Beiden
So sorgsam alle Zeit gehegt,
Dem sie noch vor dem letzten Scheiden
Die Hände segnend aufgelegt,

Den Erben dieser großen Ahnen,
In welchem ihre Hoheit lebt,
Den sie zum lichten Ziele mahnen,
In dem ihr Geist und Herz noch webt.

Dem neuen Kaiser Wilhelm bringen
Ihr Herz so Volk wie Fürsten dar,
Und hoffnungskräftig regt die Schwingen
Der junge Hohenzollern-Aar.

Er ist der Beiden Kronvermächtniß,
Ist allen uns ein Liebespfand,
Er ruft die Manen ins Gedächtniß
Dem ganzen deutschen Vaterland.

Drum insgesammt wir Stammverbundnen,
Die wir so kaiserlich bedacht,
Dem Ebenbild der hingeschwundnen
Sei unsre Huldigung gebracht.

Und was auch Deutschland noch beschieden,
Getrost geloben wir aufs Neu:
Wir sind vereint in Krieg und Frieden,
Wir bleiben reichs- und kaisertreu!

C. F. Winter'sche Buchdruckerei.